UM FIO DE ESPERANÇA

Marjolijn Hof

UM FIO DE ESPERANÇA

Traduzido do holandês para o francês por
Emmanuèle Sandron

Traduzido do francês por
Andréa Stahel Monteiro da Silva

wmf **martinsfontes**

Esta obra foi publicada originalmente em holandês com o título
EEN KLEINE KANS
por Querido's Uitgeverij B. V., Amsterdam
Copyright © 2006 by Marjolijn Hof, Amsterdam Em. Querido's Uitgeverij B. V.
Copyright © 2010, Editora WMF Martins Fontes Ltda.,
São Paulo, para a presente edição.

1ª edição *2010*
5ª tiragem *2023*

Tradução
ANDRÉA STAHEL MONTEIRO DA SILVA

Acompanhamento editorial
Luzia Aparecida dos Santos
Revisões
Luciana Veit
Luzia Aparecida dos Santos
Edição de arte
Katia Harumi Terasaka
Produção gráfica
Geraldo Alves
Paginação
Moacir Katsumi Matsusaki
Ilustração da capa
© *Isabelle Arsenault, 2009*

Dados Internacionais de Catalogação na Publicação (CIP)
(Câmara Brasileira do Livro, SP, Brasil)

Hof, Marjolijn
   Um fio de esperança / Marjolijn Hof ; traduzido do
holandês para o francês por Emmanuèle Sandron ; traduzido
do francês por Andréa Stahel Monteiro da Silva. – São Paulo :
Editora WMF Martins Fontes, 2010.

   Título original: Een kleine kans
   ISBN 978-85-7827-276-0

   1. Literatura juvenil I. Título.

10-03934   CDD-028.5

Índices para catálogo sistemático:
1. Literatura juvenil   028.5

Todos os direitos desta edição reservados à
Editora WMF Martins Fontes Ltda.
Rua Prof. Laerte de Carvalho, 133 01325-030 São Paulo SP Brasil
Tel. (11) 3293.8150 e-mail: info@wmfmartinsfontes.com.br
http://www.wmfmartinsfontes.com.br

Para Otto

1

Meu pai ia para a guerra. A bagagem já estava pronta, só faltava dizer tchau.

Ele ia bastante para a guerra. Pelo menos uma vez por ano. Em geral, as pessoas fogem da guerra como o diabo foge da cruz, mas meu pai ia lá para trabalhar. Ele é médico humanitário: no campo de batalha, precisam de gente como ele. Ele gostava muito da ideia de ser útil.

As viagens de meu pai sempre acabaram bem. Ele sempre voltou são e salvo. Mas eu estava com medo de que fosse meio parecido com pular corda e que, com o tempo, ele enroscasse as pernas.

– Não se preocupe! – disse papai.

Isso não me tranquilizou. Viagens são perigosas, todo o mundo sabe disso. Pode acontecer muita coisa.

Por exemplo, meu pai podia ficar doente. Podia pegar malária. Ou febre amarela… Sem contar todas as outras doenças que eu nem conhecia.

— Não, Lili! — ele disse. — Não vai acontecer nada comigo! Estou bem de saúde e tomei um monte de vacinas!

E arregaçou a manga da camisa para me mostrar o lugar das picadas. Fiquei na ponta dos pés para ver. Vi um pontinho vermelho bem pequenininho no meio das sardas, no braço dele.

— Só isso?

— E estou levando um monte de remédios! — acrescentou.

Meu pai também corria o risco de morrer. A guerra fervilha de soldados. E se eles achassem que meu pai estava do lado dos inimigos, hein? É claro que atirariam nele.

— Não pertenço a lado nenhum — explicou meu pai. — Os soldados percebem isso à primeira vista.

Ele também podia sofrer um acidente. O carro dele podia cair num precipício. O avião dele podia se espatifar no chão.

— Você conhece a história do homem que tinha medo de tudo? — ele perguntou.

— Conheço — respondi.

Eu sabia a história de cor. Era uma bobagem. O homem que tinha medo de tudo nunca se atrevia a sair de casa por causa dos mil e um perigos do exterior. Um dia, uma árvore enorme caiu em cima da casa e o homem que tinha medo de tudo morreu.

— Você entendeu o sentido da história? — perguntou papai. — Acidentes podem acontecer em qualquer lugar. É bobagem ficar dentro de casa, tremendo só de pensar que algo ruim pode acontecer. Se todas as pessoas fizessem isso, o mundo nunca mudaria.

Eu concordava, mesmo assim preferiria que ele ficasse conosco. E as balas perdidas, então? São mais perigosas que os soldados, porque só fazem o que lhes dá na telha. Vão para onde bem entendem e ninguém dá bola para elas.

– Balas perdidas não existem – disse papai.

– Existem sim!

– Não se preocupe, eu nunca vi nenhuma!

– O dia em que você vir uma, será tarde demais – respondi.

2

Meu pai agachou para acariciar Mona.
– Tchau, amigona! – ele disse. – Cuide bem dessas damas!
Ele suspirou. Mona agitou o que lhe sobrava de rabo e o imitou.
– Vamos nos cuidar bem sozinhas! – disse mamãe.
Depois, meu pai me pegou no colo. Deitei a cabeça no ombro dele.
– Como você está pesada, Lili! Estou ouvindo meus ossos quebrarem!
– É mentira – murmurei.
– Querida!
Ele me pôs no chão. Depois levantou minha mãe. Bem pouquinho. Fiquei ouvindo com toda a atenção. Não ouvi nenhum osso quebrar.
– O táxi chegou – disse mamãe.
Meu pai carregou a bagagem e entrou no táxi. Minha mãe correu atrás dele. Meu pai abriu a janela e a beijou.

– Um beijo! – ele gritou para mim.
Subi na mureta e levantei a mão.
– Tchau! – respondi.
E o táxi partiu.

Mona soltava suspiros por dois lados. A maioria saía de seu traseiro: eram puns fedorentos. Ela só suspirava pela boca quando alguém lhe fazia carinho. E isso eu nunca fazia.

Ela já era velha e suja quando a deram para nós. Ninguém a queria, só minha mãe. Cada dia Mona ficava um pouco mais velha e um pouco mais suja. E continuava pequena e gorda. Tinha pelos curtos e arrepiados, um cotoco no lugar do rabo, olhos saltados, orelhas grandes e dentinhos salientes sob o lábio superior.

Desde o começo, ela me detestou. Sempre que podia, ela vinha toda fedida para o meu lado. Um dia, comeu a metade da minha pulseira. Só sobrou um pedacinho.

– Agora seu nome é só Li – mamãe disse.
– Quero uma nova! – respondi.
– Uma cadela nova ou uma pulseira nova?
– As duas coisas.
– Li... É um nome bonito – mamãe disse.

Minha mãe gostava de coisas quebradas. A sala de jantar estava entulhada de móveis de que as pessoas normais preferem se desfazer. Tínhamos um espelho trincado, um sofá com o assento furado e uma poltrona com o encosto quebrado. Minha mãe trabalhava numa loja de móveis usados. Quando não havia comprador para alguma coisa, ela levava para casa.

Meu pai não se interessava por objetos. Ele só cuidava de gente.

O táxi desapareceu na esquina, levando meu pai. Mona chegou ao caminho do jardim rebolando sobre as patas atarracadas.

– Tarde demais – eu disse. – Ele já foi.

Mona suspirou pelo traseiro.

3

Estávamos sentadas no sofá de assento furado. Minha mãe e eu. E Mona. Mona estava deitada nas pernas de minha mãe, e roncava.

– Sabia que existem balas perdidas? – perguntei.

– Não devemos pensar nisso – respondeu mamãe.

Vi no seu rosto que ela, em todo caso, não queria pensar nisso.

– Mas existem!

– Eu sei – ela respondeu. – Mas o risco de deparar com uma é mínimo.

– Talvez seja o que vai acontecer com o papai. Talvez ele depare com uma. É possível. E aí não vou mais ter pai.

– Tudo é possível – disse mamãe. – Tudo pode acontecer.

– Como na história do homem que tinha medo de tudo.

– Essa história é uma bobagem! – comentou mamãe. – Na vida real, as coisas são um pouco mais complicadas do que isso. Vou tentar explicar. É uma questão de probabilidade. Por exemplo, há uma minusculisíssima chance de você ficar milionária. Em compensação pode muito bem acontecer que um dia você encontre uma moeda de um euro na rua. Nesse caso, você tem uma pequena chance. Nunca é possível calcular com precisão as chances e os riscos, mas sabemos que quase ninguém fica milionário. Quantos milionários você conhece?

– Nenhum.

– Viu só? É a prova – disse mamãe. – É a mesma coisa com os pais. Você conhece quantas crianças que têm pai?

– Um monte!

– E quantas que não têm?

Refleti um pouco.

– Os pais divorciados contam?

– Não – respondeu mamãe. – Só as crianças que não têm pai mesmo.

– Uma só – eu disse. – O pai da Sonia morreu.

– Está vendo? As chances de ter um pai são grandes – disse mamãe. – E os riscos de não ter mais pai são muito pequenos. Portanto, você não deve ter medo de perder seu pai.

– É possível diminuir os riscos? Ou aumentar as chances?

– É – mamãe respondeu. – Às vezes.

– O homem que tinha medo de tudo diminuía os riscos – eu disse. – E papai os multiplica.

Minha mãe suspirou.

Eu sabia que ela estava tentando me ajudar, mas só complicou as coisas. Agora, eu precisava fazer cálculos de probabilidade...

Pensei no pai da Sonia. Era o único pai morto do meu grupo de amigos. Eu também conhecia três crianças cujos gatos tinham morrido. E, de outras duas, foi o cachorro que morreu. E eu sabia de uma cujo ratinho tinha morrido.

Olhei para Mona. Eu não conhecia nenhuma criança que tivesse perdido ao mesmo tempo o cachorro e o pai. Um cachorro morto e um pai morto… era quase impossível. Minha mãe diria que os riscos eram muito pequenos… E com certeza eram menores ainda de ter um ratinho morto, um cachorro morto e um pai morto.

4

– Posso ter um ratinho? – perguntei para minha mãe.
– Por que você quer um ratinho?
– Para ter um animal doméstico.
– Já temos um cachorro. É um animal doméstico.
Olhei para Mona. Ela estava dormindo no sofá, com a língua meio pendurada. De vez em quando fazia um barulho esquisito.
– Ah, mãe, posso?

Então fomos à loja de animais. O balconista deu à Mona um biscoito para cachorro. Depois me mostrou os ratinhos brancos.
– Escolha um – disse mamãe.
Todos os ratinhos tinham olhinhos vermelhos e rabo branco sem pelos, e saltitavam nervosos pela gaiola.
– Qual a idade deles? – perguntou mamãe.
– Quatro ou cinco semanas – respondeu o vendedor.
– Eles podem viver até que idade? – eu quis saber.

— Depende — respondeu o moço. — Dois anos já é bastante, mas às vezes, eles vivem mais tempo ainda, quando são bem cuidados.

— Qual você escolhe? — perguntou mamãe.

Mostrei um ratinho que estava encolhido no canto.

O vendedor enfiou a mão na gaiola e afastou vários ratinhos.

— Olhe — ele disse. — Você deve pegá-lo pelo rabo, mas sempre bem pertinho do corpo, nunca pela ponta.

E ele pegou o ratinho.

— É macho ou fêmea? — quis saber mamãe.

O vendedor olhou o ratinho de perto.

— Acho que é macho.

— Também precisamos de uma gaiola — falou mamãe.

— Claro — disse o vendedor. — E de um saco de serragem e de uma casinha para ele passar a noite. Aconselho também a comprarem uma rodinha. Sem falar no comedouro e no bebedouro. E quem sabe um brinquedinho também?

A ideia de comprar tanta coisa nova deu um pouco de medo na minha mãe.

— Uma gaiola e serragem — ela disse. — E uma rodinha. E um bebedouro. Só isso.

O vendedor pegou um recipiente de plástico com uma tampa cheia de buracos.

— Essa é a melhor que existe — ele falou. — Não tem perigo de a serragem se espalhar. Mas nunca deixe a gaiola direto no sol!

Fiz que sim com a cabeça.

– Também vamos levar um pacote de ração – mamãe disse.

Em casa, coloquei a gaiola no meu quarto. No parapeito da janela. O ratinho começou a correr, nervoso, de um lado para o outro. Ele cheirava o bebedouro, depois a rodinha. Pus a mão na gaiola. Ele veio cheirar meus dedos. Fazia um pouco de cócega.

– Lulu – eu falei e, delicadamente, peguei-o pelo rabo.

Depois, segurei-o com a cabeça para baixo. Eu via a parte de dentro de suas patinhas. Eram cor-de-rosa.

5

Quando cheguei da escola, minha mãe estava sentada no sofá. Ao lado do telefone.

– Aconteceu alguma coisa? – perguntei.
– Não.
– Aconteceu, sim.
– Não, juro!

Sentei-me ao lado dela.

– Algum problema com o papai?

Ela me deu um tapinha na coxa.

– Mas que coisa! De onde você tira essas ideias?
– É que você está com uma cara estranha.
– Estou esperando – disse mamãe. – Estou esperando uma ligação do papai.
– Também quero falar com ele!

Mona veio se sentar entre nós duas. Ela deixou escapar um pum fedorento.

– Como vai seu ratinho?
– Ele se chama Lulu.

– Lili e Lulu. Combina.

Ficamos em silêncio por alguns instantes.

– Não é obrigada a ficar esperando – mamãe falou. – Eu chamo você quando o papai telefonar.

Ela sabia que eu detesto esperar. Junto com alguém, é pior ainda, porque a sensação de espera aumenta. Sozinha, a gente pode fazer de conta que está confortavelmente sentada no sofá. Ou pode deitar na cama. Ou fazer carinho no cachorro. Ou ler um livro.

Levantei para ir para o meu quarto. Mona se espichou toda, deitada de costas, com as patas para cima, preparada para ser acariciada por minha mãe.

Estava calor no meu quarto. Os raios de sol batiam bem no parapeito da janela. Dentro da gaiola estava úmido. Lulu estava encolhido num canto. Levantei-o pelo rabo. Coloquei-o no meu braço, e ele saltitou até meu ombro. Ele estava cheirando a xixi de rato.

Lá embaixo, o telefone começou a tocar.

– Lili! – gritou mamãe. – Liliiiiii!

Pus Lulu na gaiola e desci a escada correndo.

Minha mãe estava falando no telefone.

– Sim – ela dizia. – Sim… Sim… Sim… Não… Não!… Aqui também. Muito, muito bom. Dá quase vontade de pôr um biquíni… Sim, vai dar tudo certo… Não, não se preocupe… De jeito nenhum… Está bem… Terça-feira?… Ela está bem... Está aqui... Tchau... Tchau, querido... Sim... Tchau... Tchau...

Ela passou o fone para mim.

– Pai?

– Bom dia, Lili! – falou papai. – Pelo visto, o tempo está bom.

Sua voz estava bem pertinho. Mais do que realmente estava.

– Está calor.

– Aqui também – ele respondeu. – Mas hoje de manhã estava nublado.

– E agora?

– Agora não está mais. Lili?

– Ahn.

– Estou com saudade.

– Tá bom – eu disse.

– Terça-feira eu ligo de novo.

– Eu também estou com saudade – falei. – E eu tenho um ratinho.

– Um ratinho? De verdade?!

– Claro que é de verdade!

– Que joia! Bom, Lili, agora tenho de desligar. Tchau!

– Tchau. Você está tomando cuidado?!

– Estou – respondeu papai. – E você?

– Eu também – eu disse. – E você?

– Eu também – ele disse. – E você?

– Eu também – eu disse. – E você?

— Eu também — respondeu papai. — Mas agora preciso mesmo desligar. Um beijo!

— Um beijo!

Ouvi um cliquezinho no fone, e depois um tuuuuu bem comprido.

— Ele desligou — eu disse para mamãe.

Ela fez que sim com a cabeça.

— Você vem se sentar? Quer um suco de frutas?

— Já volto! Tenho de ir lá em cima!

— Não pode ficar para depois?

— Não! A gaiola do Lulu está direto no sol!

— Não pode! — disse mamãe.

— Eu sei!

E subi voando.

6

Por algum tempo, não pensei no papai. Com uma caixa de madeira, fiz uma casinha onde Lulu podia dormir à noite. Depois, li um livro sobre a polícia para preparar meu trabalho da escola. Quando cheguei à última linha, já tinha decidido: eu não queria ser policial por nada no mundo. Eu disse isso na classe, durante a apresentação do meu trabalho. Expliquei que eu não tinha nenhuma vontade de ficar resolvendo problemas o dia inteiro. Preferia ser cabeleireira ou piloto. A professora me deu nove porque eu tinha dado minha opinião.

Quando cheguei em casa, minha mãe estava serrando um móvel bem no meio da sala.

– Tirei nove!
– Muito bem!

Ela estava debruçada num armarinho deitado de lado e que só tinha dois pés.

– É para você – ela falou. – Para pôr ao lado da sua cama.

Ela deu umas batidinhas no tampo do armário.

– É perfeito para colocar a gaiola do Lulu.

Ela se endireitou e então abriu uma portinha.

– E aqui você pode guardar a ração dele. Ou um livro. Ou alguma outra coisa.

– Por que você está serrando os pés?

– Porque estavam bambos.

Fiquei com vontade de dizer que eu não gostava de velharias, mas, na verdade, até que eu estava contente. Sem pés, o armário seria bem prático.

– Tá bom – falei.

Minha mãe continuou a serrar. Fui para perto do telefone para ligar para Marjorie. Ela era minha amiga havia bastante tempo, mas a gente não se via muito. Por causa de suas aulas de violino e de ginástica, ela quase nunca estava em casa.

– O papai deve ligar a qualquer momento – minha mãe falou. – Não fique muito tempo no telefone, está bem?

Larguei o telefone.

– Nem vale a pena – eu disse. – De qualquer modo, a Marjorie não tem tempo. Ela tem de treinar para seu salto mortal.

Minha mãe serrou o último pé. Ela levantou o armarinho e colocou-o perto da minha cama. Depois, passou o aspirador.

Meu pai não ligava. Minha mãe levava o telefone com ela para todo lado. Para a cozinha, enquanto ela preparava o jantar. Para o jardim, enquanto comíamos. À noite, ela subiu com o telefone. Enfiou alguns guardanapos sujos na máquina de lavar, me mandou escovar os dentes e ajeitou meu edredom. O telefone continuava em silêncio.

– Se o papai ligar, me acorde! – pedi.

– Não, você precisa dormir! Pode ser que ele ligue muito tarde ou que ele nem ligue. Talvez ele ligue amanhã.

– Não vou conseguir dormir.

Mamãe fechou as cortinas.

– Está fedendo a rato, aqui – ela falou.

– Não vou conseguir dormir – repeti.

Minha mãe desceu com o telefone, e comecei a escutar o silêncio com toda a força. Ouvi todo tipo de barulho: passos, a televisão, a porta do guarda-louça, o latido da Mona. Lulu correu pela gaiola, depois começou a roer alguma coisa e girou a rodinha. Lulu fazia tanto barulho que não me deixava prestar atenção no que estava acontecendo lá embaixo.

No dia seguinte de manhã, minha mãe falou que meu pai ainda não tinha telefonado. Ele não telefonou durante o dia e nem no outro dia. Às vezes o telefone tocava, mas era quase sempre a vovó querendo saber se tínhamos notícias.

– O que está acontecendo? – perguntei.

– Nada – respondeu mamãe. – O papai está em algum lugar no meio do mato. Ele não deve estar conseguindo entrar em contato conosco. Não é a primeira vez que isso acontece.

– Dá para telefonar de qualquer lugar! Até do meio do mato!

– Não dá, não – mamãe disse. – Aqui dá, mas onde o papai está não dá.

– Mas então onde ele está?

– Em algum lugar de onde ele não consegue telefonar – repetiu mamãe.

– Onde?!

– Em alguma estrada de terra no meio do mato! E de onde não tem jeito de telefonar.

– Mas eu QUERO que ele telefone!

– Agora você vai me escutar! – disse minha mãe. – O papai vai telefonar. Ele foi trabalhar num pequeno hospital de campanha, longe da cidade. É que ele ainda não chegou. Vai dar tudo certo.

– Você não sabe onde ele está!

– Não sei *exatamente* onde ele está.

Então minha mãe pegou um mapa no armário e o desdobrou em cima da mesa. Ela me mostrou um rio sinuoso que atravessava uma área verde. Seu dedo seguiu o rio e parou numa mancha azul-clara.

– Aqui – ela disse. – Ele está nos arredores deste lago. Como você vê, eu sei mais ou menos onde está o papai.

– Mais ou menos, mas não exatamente.

– Não, exatamente não. Porque ele está em alguma estrada de terra no meio do mato.

7

No dia seguinte, meu pai também não telefonou. Em compensação a vovó ligou cinco vezes. E também um monte de gente que eu não conhecia.

Tirei Lulu da gaiola várias vezes. Eu o estava domesticando. Ele corria pelo meu braço, até meu ombro, e cheirava minha orelha. Eu o colocava no meu cabelo para ele mordiscá-lo. Ele estava mais vivo do que nunca, era evidente que não morreria tão cedo. Talvez eu não devesse tê-lo tirado do parapeito da janela. Se eu o tivesse deixado lá, talvez ele tivesse definhado no sol até morrer. Aí, eu seria uma menina com um ratinho morto. E o risco de ter ao mesmo tempo um ratinho morto e um pai morto era muito pequeno.

Pensando bem, encontrei cinco jeitos de fazer um ratinho morrer:
1. deixando-o definhar no sol
2. cortando-lhe a cabeça
3. afogando-o

4. deixando-o cair pela janela
5. dando-o a um gato.

Mas só de pensar nisso já me dava horror. Porque agora eu sabia que Lulu tinha pelinhos macios no corpo e almofadinhas cor-de-rosa embaixo das patas. Eu até estava começando a gostar um pouquinho dele. E eu tinha falado dele para meu pai.

Então fui de novo à loja de animais.

– Eu queria mais um ratinho – eu disse.

O moço me levou até a gaiola dos ratinhos, onde saltitavam uns dez filhotinhos.

– Você não tem ratinhos velhos? – perguntei.

– Ninguém quer um ratinho velho.

– Eu quero. Quero um velho. Ou então doente.

– Os ratinhos que vendemos não são doentes – disse o moço. – O que você quer exatamente?

– O melhor seria um ratinho bem velho.

O moço me deu uma boa olhada.

– Que ideia! O que você vai fazer com ele? Por acaso você cria uma cobra?

– Não! – respondi.

– É uma pergunta lógica. Há cobras que comem ratinhos.

– É para a escola – inventei. – A professora disse que devíamos ajudar os outros. Que devíamos cuidar das pessoas velhas e dos doentes e...

– E...?

– E dos animais velhos – eu disse. – Se ninguém cuida deles, eles acabam morrendo. Eu queria ir ao centro de controle de zoonoses pegar um gato velho, mas minha mãe não deixou. Mas um ratinho velho, tudo bem, ela concordou.

– Ah, bom – disse o moço.

Eu não sabia que era capaz de mentir tão bem. Já tinha tentado muitas vezes, é claro, mas em geral não dava certo. Minha mãe sempre conseguia perceber que eu estava inventando história, e, na escola, quase nunca acreditavam em mim. Mas o moço da loja de animais não parecia desconfiar de nada.

– Se eu fizer isso, ganho alguns pontos na nota – acrescentei.

– É meio difícil – falou o moço. – Eu já disse que não tenho ratinhos velhos.

– Que pena.

O moço refletiu.

– Pensando bem, tenho um ratinho que tem uma malformação congênita... Eu não ia mesmo poder fazer nada com ele...

Ele desapareceu atrás da porta que levava para os fundos da loja, dizendo:

– Não mexa em nada, já volto!

Pouco depois, ele me mostrava uma caixinha de papelão com um ratinho todo cor-de-rosa, que não tinha quase nenhum pelo.

– Você não vai fazer nenhuma bobagem, não é? – perguntou o moço.

– Não – respondi.

– E não ponha este ratinho junto com o outro!

O moço me deu a caixa.

– É um filhotinho, mas ele não vai viver muito mais tempo.

O filhote mexeu uma patinha.

– Ele sente dor?

– Não – respondeu o moço. – Senão, eu já teria feito alguma coisa.

– Vou cuidar bem dele.

– Você está fazendo uma boa ação. Mas ele não vai viver muito mais tempo, entendeu?

Fiz que sim com a cabeça.

8

Um grito me acordou. Era minha mãe. Ela estava no banheiro, com o telefone na mão.

– Não! – ela berrava. – Pare de telefonar o tempo todo!... Não... Mas que amolação, são só seis e meia da manhã!... Não!... Eu aviso você, não se preocupe... Claro que não... Tchau!

– Era a vovó? – perguntei.

– Era – respondeu mamãe. – Era a vovó.

– Vocês brigaram?

– Não. Bom, não exatamente. Ela não para de telefonar. E toda vez eu acho que é o papai.

– Então o papai não ligou?

– Não. O papai não ligou.

– Você acha que ele vai ligar hoje?

– Lili – falou minha mãe –, deixe-me um pouco em paz!

Fui para meu quarto ver o filhotinho. Ele estava estendido na caixa, imóvel. Não parecia estar vivo. Mas eu também não tinha certeza de que estava morto. Quando acabei de me vestir, ele ainda estava na mesma posição. E quando desci para tomar café ele continuava sem se mexer.

Fui para a escola. Era um pouco estranho. Talvez eu devesse estar triste. Um pouquinho triste, porque, afinal, era só um filhotinho e eu tinha acabado de consegui-lo.

Depois da escola, Marjorie quis ir comigo até minha casa. Sua professora de violino estava doente. Ela tinha a tarde inteira livre.

– Pode vir – falei. – Se você não tiver medo de ratinho.

– Você tem um ratinho? – perguntou Marjorie.

– Tenho dois: um ratinho e um filhotinho. Mas acho que o filhotinho está morrendo.

– Nunca vi um ratinho morto – disse Marjorie.

– Nem eu.

– Se o filhotinho tiver morrido, você vai enterrá-lo?

Eu ainda não tinha pensado nisso.

– Talvez – respondi.

Em casa, mostrei o filhotinho a Marjorie.

– Agora ele está morto? – ela perguntou.

– Acho que sim.

Marjorie pôs um dedo na caixa.

– Ele está frio.

Peguei o filhotinho e coloquei-o na minha mão. Vi que ele estava mesmo morto. Dava para perceber que já não era um filhotinho de rato. Era uma coisinha cor-de-rosa e fria.

— Era um filhotinho esquisito — falou Marjorie.
— Ele era malformado — expliquei.

Arrumamos a caixa: primeiro uma camada de algodão, depois o filhotinho, depois outra camada de algodão. Em seguida, fomos para o jardim. Marjorie cavou um buraco, bem ao lado de um arbusto, e coloquei a caixa lá dentro. Nós duas juntas tapamos o buraco.
— Você está triste? — perguntou Marjorie.
— Vai passar.
— Mesmo assim, é meio estranho.
— É.
Não tive coragem de dizer a Marjorie que eu estava contente. Porque agora eu era uma menina com um ratinho morto. Um monte de meninas tinham um ratinho morto. Mas pouquíssimas tinham ao mesmo tempo um ratinho morto e um pai morto. Eu tinha diminuído um pouco os riscos.

9

– Você andou cavando um buraco no jardim? – perguntou mamãe.

Ela não sabia nada do filhotinho de rato. Ela nem sabia que eu o tinha levado para casa. Nem que eu o tinha enterrado numa caixa no fundo de um buraco.

– Não – respondi.

– Estranho. Alguém fez um buraco no jardim. Ao lado da árvore das borboletas.

– Foi a Mona! Foi a Mona que fez isso!

– Claro! – disse minha mãe. – Mona!

Mona veio rebolando. Ela balançava seu toco de rabo.

– Cachorra má! – ralhou mamãe.

Mas ela falou com a voz exageradamente amável e afetada com que sempre fala com a Mona e acariciou-lhe a cabeça.

Mona adorava aquela voz. Tentou agitar o rabo com mais força ainda e começou a suspirar pelos dois lados ao mesmo tempo.

Minha mãe estava com um saco de batatas fritas na mão.
– Pegue alguns tomates na geladeira – ela me pediu. – E o vidro de maionese.

Sentamo-nos no jardim, numa sombra, e comemos as batatas fritas e os pedaços de tomate mergulhando-os na maionese.

– Vou modificar a sala – disse mamãe. – Tem um bufê lindo na loja. Não entendo por que ninguém o quer.

– O que é um bufê?

– Um armário grande. Com gavetas, prateleiras e portas.

– Mas já tem um monte de móveis na sala!

– Temos de fazer uma triagem. Vamos nos desfazer da estante velha e colocar o bufê no lugar dela. Mas antes tenho de consertá-lo. Acho que vou pintá-lo de amarelo.

– De amarelo?! Ah, não! De amarelo não!

– De amarelo-palha...

Minha mãe continuou falando do bufê e das mudanças da sala.

– Tudo vai mudar! – ela disse, com voz alegre.

Mas era como se sua voz estivesse exageradamente alegre. Às vezes eu ficava assim, quando estava nervosa. Mas eu nunca tinha visto minha mãe daquele jeito. E nunca a tinha ouvido tagarelar tanto, com aquela voz aguda.

– O papai ligou? – perguntei.

A pergunta a fez interromper bruscamente.

– Ligou? – insisti, diante do silêncio.

– Não. O papai não ligou.

Ela suspirou, depois continuou:

– Lili, preciso lhe contar uma coisa. Não. Bom, não sei. Não sei se devo dizer ou não. Não sei o que é melhor.

Fiquei com medo. Fiquei com enjoo de tanto medo que estava sentindo. Eu tinha comido muita batata frita, e era como se minha barriga estivesse cheia de ratinhos mortos.

– O papai foi dado como desaparecido – ela disse, por fim.

– Não é possível.

– É, sim – falou mamãe. – O papai foi dado como desaparecido. Isso quer dizer que ninguém sabe onde ele está agora. Mas isso não quer dizer, necessariamente, que lhe aconteceu algo grave.

– Você está com medo? – perguntei, esperando que ela dissesse que não.

Ela tinha de dizer que não. Mas ela respondeu:

– Estou.

Depois, ela acrescentou:

– Um pouco, um pouquinho.

Ela não podia ficar com medo. Se alguém podia ficar com medo, era eu, e então ela me tranquilizaria dizendo que tudo ia dar certo e que eu não devia absolutamente me preocupar.

– Venha se sentar aqui perto de mim – ela falou.

Fiz que não com a cabeça. Coloquei os cotovelos na mesa, as mãos na frente da boca e mordi a pele bem embaixo do polegar até começar a doer.

– Primeiro eu não queria lhe contar nada – explicou mamãe. – Mas você acabaria sabendo pela boca de outra pessoa.

Parei de me morder.

– Pela boca da vovó... – falei.

Minha mãe deu um risinho prudente.

– Com certeza! Pela boca da vovó. Daquela criatura horrível...

– Ela já sabe?

– Sabe. Lili?

Coloquei minhas mãos na mesa. Dava para ver a marca dos meus dentes no polegar. Dava para ver bem que eu tinha um dente torto, mais ou menos no meio.

– Vai dar tudo certo – continuou mamãe. – Já estão procurando por ele. Talvez não tenha acontecido absolutamente nada.

– Você vai mesmo modificar a sala? Vamos mesmo ter um armário esquisito desse jeito?

Mamãe levantou os ombros.

– Não sei – respondeu.

10

Eu estava sonhando com balas perdidas. Elas estavam em toda parte. Cortavam o ar como um enxame de vespas. Tinham dois olhinhos, uma boca pontuda e um nariz com ponta cortante. Pareciam um pouco com tubarões, mas só de frente. Elas assobiavam. Mas não com a boca. Assobiavam de tão rápido que se moviam. Era um barulho estridente que me dava dor de ouvido. Acordei.

Estava tudo escuro. Lulu roía um canto da sua casinha. Fora isso, tudo estava em silêncio. Saí da cama e fui até o outro quarto. Minha mãe ressonava baixinho. Subi no edredom e deitei no lugar do meu pai.

– Mãe?
– O que foi? – ela murmurou, abrindo um olho.
– Tive um sonho.
– Com o quê?
– Com balas perdidas.

Minha mãe sentou-se na cama e acendeu a lâmpada de cabeceira.

– Filhinha!

– Não quero mais dormir!

– Você ficou com medo?

– Era só o começo. Mas talvez continue e fique pior.

Ela deu um suspiro.

– Então você não deve dormir de novo. Não imediatamente. Quer beber alguma coisa?

Sentei-me ao lado dela. Eu não queria nada.

– Quer que eu conte uma história?

– Claro que não.

– Não, claro que não – disse mamãe. – Você se acha grande demais para isso.

– Quero que o papai volte para casa.

– Eu também – falou mamãe.

Por um tempo ficamos sem dizer mais nada. Ficamos sentadas assim, uma ao lado da outra. Meus olhos fechavam sozinhos. Mas as balas perdidas voavam a toda a velocidade, bem pertinho, à beira do sono. Então eu arregalava os olhos com o máximo de força possível.

– Mãe, você nunca fica chateada com o papai?

– Por quê?

– Você acha bom ele viajar assim?

Ela pensou um pouco antes de responder.

– Não – ela disse, finalmente. – Não acho bom. Quando nos conhecemos, ele me avisou. Disse que eu deveria procurar outro marido. Um homem que ficasse em casa. Mas eu não queria outro homem. Eu queria o papai.

Ela sorriu, depois acrescentou:

– E o papai me queria.

– Por que o papai não é um homem que fica em casa?

– Você sabe, não sabe?

Não respondi. É claro que eu sabia. Mesmo assim eu queria que ela me falasse de novo.

– Ele quer correr o mundo – explicou mamãe. – Quer ajudar as pessoas. Ele acha que aqui já há médicos em número suficiente. E ele sabe que em outros países não é assim. Por exemplo, onde há terremotos e inundações...

– Ou guerra – eu disse.

– É. Ou guerra.

– Mas e nós?

– Quando você nasceu, o papai prometeu que ficaria em casa. Ele realmente fez o melhor que podia. Ele trabalhava num hospital. Mas...

– Mas o quê?

– Mas havia muitas guerras. Eu sabia que ele queria voltar a viajar.

– Para ajudar as pessoas?

– É – disse mamãe. – Para ajudar as pessoas.

– E então você o autorizou a viajar de novo?

Minha mãe só disse:

– Ah!

E eu respondi:

– Ah!

Mas eu não entendi direito o que ela queria dizer com aquele "Ah!" e quase não conseguia manter os olhos abertos.

– Fizemos um acordo – continuou mamãe. – Ele podia viajar, mas não tanto quanto antes. E por menos tempo também. Porque ele também queria ficar mais tempo com a gente. Ele queria as duas coisas: ir e ficar.

– Você nunca quis ir com ele?

– Ah, não! – respondeu mamãe. – Ah, Deus, não! Nem quero pensar nisso!

Ficamos em silêncio por um momento, sempre sentadas uma ao lado da outra. Lá fora, um pássaro começou a cantar. De vez em quando eu adormecia, mas logo abria bem os olhos de novo.

– O que vamos fazer agora? – perguntei.

– Não há muita coisa a fazer, Lili.

Havia cada vez mais pássaros cantando. Eu disse a mim mesma que podia fechar os olhos só um pouquinho. Mas sem dormir. Só que quando voltei a abrir os olhos já era muito mais tarde. Já estava claro. Minha mãe dormia ao meu lado.

11

A loja de animais abria às nove horas. Às cinco para as nove eu já estava na porta. Era sábado e eu não tinha aula.

O moço abriu a porta para mim. Caminhei até o balcão e fiquei lá plantada.

– E aí? – perguntou o moço.

– O filhotinho de rato morreu – respondi.

– Já sabíamos que isso aconteceria – ele falou. – Você cuidou bem dele?

– Cuidei – eu disse. – Foi uma morte bonita.

O moço sorriu.

– Uma morte bonita?

Era uma expressão que eu tinha pegado da vovó. Um dia, ela falou de uma pessoa que tinha quase cem anos e que tinha morrido dormindo. Vovó disse que tinha sido uma morte bonita e um fim sereno.

– E um fim sereno – acrescentei.

– Fico muito feliz com isso – ele falou. – O que você quer? Um pacote de ração para seu ratinho? Ou alguma outra coisa?

– Eu queria um cachorrinho.

O moço balançou a cabeça.

– Não vendemos cachorrinhos.

– Não precisa ser filhote. Na verdade, eu queria um velho – eu disse, dando uma olhada para a porta que levava para os fundos da loja. – Também pode ser um cachorrinho com malformação.

Eu achava que talvez o moço tivesse um monte de bichos malformados atrás da porta. Evidentemente, ele não podia deixá-los expostos na loja.

O moço ficou me olhando atentamente.

– Mas o que você está inventando?

– É para a escola! – eu falei.

– De novo?! Em que escola você estuda?

Eu não sabia direito o que responder. Se eu falasse o nome da minha escola, era capaz de ele ir lá fazer perguntas. E, se eu dissesse o nome de outra escola, ele também iria lá fazer perguntas. E daí nunca mais, nunca mais mesmo, eu poderia lhe explicar que eu queria ser uma menina com um cachorro morto. Que agora eu era uma menina com um ratinho morto. Mas que era melhor ainda ser uma menina com um ratinho morto *e* com um cachorro morto.

– Mas existem cachorrinhos malformados, não é? – perguntei. – Cachorros que ninguém quer?

O moço se inclinou para mim por cima do balcão.

– Em que escola você estuda? Você não respondeu.

– Não é para a escola – falei. – É para o meu pai.

O moço me olhou, zangado.

– Você tem certeza de que está bem?!

– É mesmo para o meu pai! Mas é difícil de explicar.

O moço balançou lentamente a cabeça.

– Incrível! – ele disse – Incrível! Está achando que eu sou bobo?

– Não – respondi bem baixinho.

– Ah, bom! – disse o moço.

E eu saí correndo da loja.

12

– Você tem de me contar tudo!
– Mas eu conto – respondeu mamãe. – Bom, quase tudo.

Estávamos jogando Banco Imobiliário. Ela já tinha três ruas com casas, mas eu tinha todas as empresas de transporte.

– Você só me conta bem pouquinho.

Minha mãe jogou os dados.

– Nove! Eu estava com o chapéu ou com o carro?
– Com o chapéu.

Ela avançou nove casas com o chapéu.

– Mãe!
– Já ouvi, Lili – ela disse, olhando para mim. – Mas preciso pensar.
– Quero que você me conte tudo.
– Mas eu não sei tanta coisa assim. Na verdade, sei só um pouco mais do que você. E conto-lhe todas as coisas importantes. Além disso, não posso contar tudo para você o tempo todo.

– Por quê?

– Porque não é bom para você. Primeiro dizem uma coisa, depois outra... É tudo muito confuso, muito desordenado.

– Mas eu quero saber de tudo!

– Talvez não seja uma boa ideia. Talvez seja como para os filmes. Alguns filmes são proibidos para menores de dezesseis anos, e você não pode assistir. É para proteger você. Talvez eu também deva proteger um pouco você e só contar as coisas quando elas estiverem realmente claras.

– O irmão da Marjorie alugou um DVD. Era proibido para menores de dezesseis anos e mesmo assim eu assisti, e isso não fez nenhuma diferença para mim!

– Qual era o filme?

– *Alien, a intrusa*.

Ela colocou os dados na minha frente.

– Nunca ouvi falar.

Joguei os dados no tabuleiro.

– Oito! Era com *aliens* – expliquei, avançando com meu carro. – Tinha uns monstros espaciais que se disfarçavam de humanos... Era impossível reconhecê-los. E, depois, de repente, a pele deles arrebentava e víamos que eram monstros. E então eles comiam os homens que estavam por perto. Mas os homens de verdade, não os monstros. Entendeu?

– Não – respondeu mamãe. – Não muito. Mas parece que deve dar muito medo.

– Não tive medo nenhum! Não me deu nada! Pode perguntar para a Marjorie! O irmão dela estava do nosso lado e ia explicando todos os truques. Ele disse que a pele dos *aliens* era de borracha e que, para o sangue, eles tinham usado *catchup*. Quando eu soube que era tudo fingimento, não fiquei com nenhum medo!

— É, mas não é a mesma coisa – falou mamãe. – Com o papai não é fingimento. E faz você ter pesadelos.

— É porque você não conta tudo! Se você continuar fazendo isso, vou continuar tendo pesadelos.

Minha mãe jogou os dados.

— Vou tentar. Vou tentar mantê-la informada sobre os acontecimentos, mas não prometo contar tudo. É simplesmente impossível.

— Tá bom!

— Doze!

— Você estava distraída! Eu estava na sua casa, mas agora é tarde demais! Não preciso mais pagar!

13

Minha mãe abriu o mapa em cima da mesa.
– Vou lhe mostrar – ela disse, indicando o rio e a mancha azul. – O papai estava indo para um pequeno hospital, mais ou menos aqui, perto deste lago. Ele estava num jipe. Mas ele ainda não chegou.
– Ele estava sozinho?
– Não. Acho que ao todo eram três carros. Mas não tenho certeza.
Depois, desenhando com uma caneta hidrográfica um retângulo no mapa:
– Eles vão procurar nesta área. Ele deve estar em algum lugar por aqui.
– Por que não vamos nós procurá-lo?
– Não dá.
– Por quê?
Minha mãe mostrou no mapa uma grande mancha verde:
– Tudo isto é floresta.

Olhei o mapa. Alguns lugares eram verde-claros. E outros verde-escuros. Com umas pontinhas marrons.

– São especialistas que o estão procurando. Pessoas que conhecem bem a floresta.

Ela dobrou o mapa, dizendo:

– Precisamos esperar.

– Há soldados? – perguntei.

– Talvez. Mas você tem de entender muito bem uma coisa: o papai está lá para ajudar as pessoas. Ele não tem nada a ver com os soldados.

Por algum tempo, minha mãe ficou olhando o mapa dobrado em quatro em cima da mesa. Talvez ela estivesse imaginando uma floresta coalhada de soldados, como eu.

– Quantos anos a Mona tem? – perguntei.

Minha mãe me olhou com uma cara espantada.

– A Mona? Tem catorze anos. Por que a pergunta?

– E os cachorros vivem até que idade?

– Não muito mais do que isso. A Mona já é uma vovó bem velha.

– Ah.

– Você não vai começar a se preocupar com ela, não é?

– De jeito nenhum!

À tarde, minha mãe foi fazer compras. Eu fiquei em casa. Sentei-me no sofá. Mona estava com a cabeça deitada no braço do sofá, de olhos fechados.

– Morra! – eu disse a ela.

Ela mexeu uma orelha. Só isso.

– Morra! – repeti.

Dessa vez ela nem se mexeu. Mas eu sabia que ela não estava morta, pois ela só fazia o que lhe dava na telha.

Pensando bem, encontrei cinco maneiras de fazer um cachorro morrer:

1. trancá-lo e deixá-lo sem comida
2. cortar-lhe a cabeça
3. afogá-lo
4. deixá-lo cair pela janela
5. deixar um cão de briga mordê-lo até a morte.

Pensei comigo que Mona era um cão malformado. Como o filhotinho de rato que eu enterrara no jardim. E que, portanto, não seria tão grave se ela morresse. Mas matar Mona era mais difícil do que matar um ratinho. Achei que, se eu lhe cortasse a cabeça, espirraria sangue para todo lado. Só de pensar nisso, já me dava uma terrível vontade de vomitar. Eu sabia que nunca seria capaz de fazer isso. Eu não era uma assassina de cachorros.

– Quer um biscoito? – perguntei.

Mona abriu os olhos. Ela pulou para o chão e saltitou até o armário, farejando. Ela sabia exatamente onde ficava a comida.

Enquanto eu a seguia, pensei numa sexta maneira de matar Mona. Abri o saco de biscoitos para cachorros e coloquei-o no chão. Imediatamente Mona enfiou a cabeça dentro dele e começou a mastigar.

E então eu gritei:

– Buu!

Mona teve um sobressalto, depois começou a correr atrás do próprio rabo e a latir como uma louca.

Marjorie tinha me dito que era perigoso assustar pessoas velhas. Elas podiam ter um infarto. Mas não dava certo com cachorros. Mona ficou com um medo horrível, mas seu coração continuou batendo. Ela se plantou diante do saco de biscoitos e começou a rosnar.

14

O telefone tocava várias vezes por dia, mas quase nunca era alguém que eu conhecesse. Minha mãe proibiu de nos ligarem sem motivo. Ela queria que a linha ficasse livre para notícias importantes. A vovó já não podia ligar para nós, nem meus tios, nem minhas tias, nem os amigos de meus pais.

– Não quero saber de conversa fiada – minha mãe falava. – Vai me deixar mais nervosa ainda!

Quando o telefone tocava, em geral era alguém da organização humanitária. Era o pessoal da organização humanitária que enviava médicos como meu pai em missão. Eles sabiam exatamente onde havia guerras. Foram eles que escolheram um lugar para o meu pai. Disseram que precisavam dele lá naquele lugar, então ele arrumou a bagagem e partiu.

As pessoas da organização humanitária queriam falar com minha mãe. Para mim, elas nunca diziam muita coisa. Um dia, uma mulher me chamou de "minha querida" no telefone.

– Bom dia, minha querida – ela falou. – Sua mãe está em casa?

– É sobre meu pai? – perguntei.
A mulher que tinha me chamado de "minha querida" hesitou um pouco. Depois ela disse:
– Deixe-me falar com sua mãe. Não é nada especial, não se preocupe.
Minha mãe chegou naquela hora e pegou o telefone da minha mão.
Eu nunca tinha ido à sede da organização humanitária. Eu não tinha a mínima ideia de como era lá. Decerto era um prédio enorme, pois havia muitas guerras no mundo. Sem falar nas inundações e nos terremotos. E precisavam de médicos em todos os lugares. Então, num escritoriozinho de nada não seria possível. Eu imaginava um mapa-múndi pregado na parede, com bandeirinhas espetadas nele. Uma bandeirinha para cada médico. A bandeirinha do meu pai tinha de ser azul, sua cor preferida. Ou cor de laranja, por causa do cabelo ruivo. Enquanto falava comigo ao telefone, a mulher que me chamou de "minha querida" talvez estivesse em pé ao lado do mapa-múndi, segurando a bandeirinha do meu pai. Pois onde pôr a bandeirinha de alguém dado como desaparecido?

O telefone não foi suficiente. Minha mãe precisou ir à sede pessoalmente. Ela foi de manhã, de carro.
Quando cheguei da escola, ela ainda não tinha voltado. Peguei a trela no cabide. Eu tinha prometido passear com a Mona.

Mona pulou do sofá e se aproximou lentamente. Ela não conseguia acreditar no que via, pois sabia perfeitamente que eu não gostava de levá-la para passear.

Lá fora fazia calor. Mona rebolava, resfolegando atrás de mim. Mal havíamos andado alguns metros, tive de esperá-la fazer xixi numa árvore. Recomeçamos a caminhar. Até a árvore seguinte. Quando parecia que ela ia se agachar de novo, puxei a trela. Estava com medo de que ela começasse a fazer cocô, porque eu não tinha levado nenhum saquinho.

Um cachorrão preto corria no terreno baldio do fim da rua. Mona latiu. O cachorrão preto veio na nossa direção e postou-se diante da Mona, agitando o rabo.

Mona não gostava dos outros cachorros. Ela também não gostava de gente. Na verdade, ela só gostava do meu pai e da minha mãe. E de mim, bem pouquinho, porque era obrigada. O cachorrão preto parecia gostar de todo o mundo. Ele continuava abanando o rabo e nos olhando como se esperasse alguma coisa. Ele queria brincar.

Mona começou a rosnar. Achei que o cachorrão preto ia ficar bravo... Que ia morder Mona... E que depois ia devorá-la... Ele ia devorá-la cruazinha... Uma cachorrinha esquisita daquele jeito, ele engoliria num instante... Bastava ela continuar sendo insolente. Mas o cachorrão virou as costas e voltou para o terreno baldio. Mona latiu. Puxei-a de volta para casa.

No caminho, encontrei Marjorie. Ela estava com o estojo do violino nas costas.

– Oi! – ela disse.

– Oi! – eu disse.

– É triste que seu pai tenha sido dado como desaparecido.

– Como você sabe?

– Minha mãe falou. É mesmo muito triste. Seu pai é um herói!

– Um herói?!

– É, porque ele ajuda os outros. Mesmo que seja perigoso.

– Ah... – eu disse.

"Herói" era uma palavra estranha, e não tinha nada a ver com meu pai. "Herói" é uma palavra que aparece em livros ou filmes. Nunca, num filme ou num livro, eu estaria puxando pela coleira uma cadela como a Mona. Eu teria saído à procura do meu pai e nem teria medo das balas perdidas.

De repente, vi nitidamente meu pai diante de mim. Pensei na palavra "herói". Não combinava com ele de jeito nenhum. Vi-o exatamente como era de verdade. Vi os cabelos ruivos, o rosto sarapintado de sardas e os olhos verdes salpicados de estrelas. Senti um nó na garganta. Eu mal conseguia disfarçar.

– Você está com vontade de chorar? – Marjorie perguntou.

– Não – respondi.

– Vai fazer bem para você.

– Deixe para lá.

15

Na volta, minha mãe foi buscar a vovó. Nós três sentamos no jardim.

Minha mãe explicava como tinha sido na sede.

– Não consegui saber muito mais. Ninguém sabe exatamente o que aconteceu. Mas eles estão muito esperançosos.

– Muito esperançosos? – falou vovó.

– Falaram que há um monte de explicações possíveis – disse mamãe. – Pode ter havido algum problema com o jipe ou com o material. E eles não receberam nenhuma informação sobre...

Ela olhou para mim e interrompeu-se antes de continuar:

– ... enfim, sobre alguma coisa mais grave. Estão procurando.

– Marjorie falou que o papai é um herói.

Vovó balançou a cabeça. Minha mãe despedaçava um galho da árvore das borboletas.

– Talvez Marjorie tenha razão – ela disse, depois de algum tempo. – Para algumas pessoas, o papai é um herói.

— Para quais pessoas? — perguntei.

— Para as pessoas que precisam dele. Para os feridos e os doentes. Para quem morreria sem médico.

— Ah, mas não mesmo — disse vovó —, ele não é um herói! Para mim, ele não é um herói! Ele pensa demais em si mesmo para ser um herói!

— Não vamos recomeçar essa discussão — falou mamãe.

— É verdade — continuou vovó. — Ele pensa demais nele mesmo e muito pouco nos outros. Nunca está presente! Quase sempre está viajando! Ele fica procurando o perigo!

— Basta — disse mamãe.

— E ele sempre foi assim. Sempre!

Vovó falava cada vez mais alto. Ela era como uma bomba: a menor faísca a fazia explodir. E nunca sabíamos de antemão quem seria a faísca.

— Ele ainda era um menininho — prosseguiu vovó. — Cinco anos! Subiu no triciclo e pronto! Foi embora! Bastou eu me distrair um minuto e ele já se aproveitou. Procurei-o por toda parte. Perguntei para todo o mundo. Por fim, encontrei-o no açougueiro. Ele estava esperando um pedaço de salsichão! Mas o açougue era do outro lado da estrada de ferro!

— Não tem nada a ver! — disse minha mãe. — Isso não tem nada a ver com o que está acontecendo agora.

— Ele sempre foi assim! Bem no meio da noite, ele saía para nadar! No canal! E quando ele foi viajar de moto pelo Kalahari?!

— O que é Kalahari? – perguntei.
— Um deserto – respondeu mamãe.
— Ele viajou de moto pelo deserto?!
— Viajou! – exclamou vovó.
— Mas isso não tem nada a ver com o que está acontecendo agora – repetiu mamãe.
— Claro que tem! – gritou vovó. – Está tudo ligado! Ele só pensa em si mesmo! Está sempre correndo riscos! Está encurralado no meio de uma guerra, e nós estamos aqui morrendo de preocupação com ele!
— Ele é médico – disse mamãe. – Ele vai lá para ajudar as pessoas.
— Conheço médicos! Todos ficam em casa tranquilamente!
Fez-se silêncio.
— Vou subir para o meu quarto – eu disse.
Meu pai tinha sido dado como desaparecido, e isso era horrível. Primeiro, por causa do que a Marjorie tinha falado, e agora por causa do que a vovó tinha acabado de dizer.
Lá em cima, as janelas estavam abertas. Minha mãe e minha avó continuavam conversando, mas eu já não as escutava.

16

Eu estava sentada à minha escrivaninha, desenhando um cachorro morto. Ele estava deitado de costas, com as quatro patas para cima. Ao lado do cachorro, desenhei um homem com um fuzil. Balas saíam do fuzil. Havia um monte de buracos na pelagem do cachorro.

Minha mãe bateu na porta.

– O que foi? – eu disse.

A porta entreabriu.

– Sou eu! – disse minha mãe.

– Eu sei.

– A vovó foi para casa.

– Também já sei.

– Você sabe tudo.

Depois, minha mãe viu meu desenho.

– Você está brava? – perguntou.

– Por quê?

– Por causa do desenho.

Fiz mais um buraco na pelagem do cachorro. Minha mãe tinha acertado. Eu estava brava. Mas eu não sabia direito com quem.

– A vovó tem razão – eu disse. – O papai só pensa nele.

– A vovó disse isso porque está com medo.

– Mas é verdade!

E comecei a fazer rabiscos no cachorro, com um lápis preto. A folha rasgou.

– Ei, ei! – falou mamãe.

Ela pegou minha mão. Eu ainda segurava firmemente o lápis.

– Não faça isso! – disse mamãe.

Então eu fiquei brava mesmo. Comecei a gritar, gritar, até minha cabeça encher de gritos. Empurrei minha mãe. Dei um pontapé na escrivaninha. Os lápis caíram no chão. Minha mãe tentou me segurar pelo braço.

– Solte! – gritei.

Chutei o armário sem pés. A gaiola do Lulu caiu no chão e a tampa abriu.

– Cuidado! – disse mamãe. – Cuidado com o ratinho!

Parei de gritar. A gaiola estava caída de lado. Estava rachada. A maior parte da serragem estava espalhada pelo chão do quarto. E o Lulu tinha fugido.

– Onde ele está? – perguntei.

Minha mãe ficou de quatro para procurar o Lulu. Ela gritava:

– Lulu!

E eu gritava:
– Lulu!

Atravessei o quarto andando de quatro, e minha mãe atrás de mim. Engatinhávamos na serragem.

Comecei a chorar.

– Lulu! – chamava mamãe. – Lulu!

E depois ela começou a rir.

– Lulu! Lulu! – chamei.

E também comecei a rir.

Eu ria e chorava ao mesmo tempo. Bom, na verdade, ao mesmo tempo não: um pouco de cada um, um depois do outro.

Lulu tinha se escondido embaixo da cama. Rastejei para pegá-lo. Ele nem tentou escapar. Quando o segurei, percebi que ele estava tremendo.

– Está melhor? – perguntou mamãe.

Fiz que sim com a cabeça. Estávamos sentadas no chão, encostadas na cama. Lulu ainda estava na minha mão, e tremia um pouco menos.

– Eu explodi – falei.

Se a vovó era uma bomba, eu era uma bala de canhão. E, das duas, eu era a que explodia mais forte. Era uma novidade para mim.

– São os nervos – disse mamãe, passando o braço em volta dos meus ombros. – Tudo vai dar certo.

Tive vontade de perguntar se ela tinha certeza. Mas fiquei com medo de que ela dissesse que não.

– A vovó tem mesmo razão? – perguntei.

– Você não deve dar ouvidos ao que a vovó diz. Ela é muito exagerada.

– Mas, mesmo assim, ela tem razão?

– Sim e não. Você precisa compreender, Lili. As coisas não são tão simples. Ninguém é inteiramente bom ou inteiramente mau. Ninguém pensa só nos outros. Todo o mundo também pensa um pouco em si. O papai também.

– Então ele não é um herói.

– Não, ainda bem! Que ideia! Tudo o que eu quero é um homem normal!

Peguei a gaiola do Lulu. Estava rachada de lado a lado.

– Você precisa de uma gaiola nova – falou mamãe. – Amanhã você vai à loja de animais?

– Será que você não pode ir para mim?

17

Começamos a consertar o bufê. Uma pessoa da loja trouxe-o numa caminhonete. Era um móvel grande, mas veio desmontado em várias peças. Logo a sala ficou cheia de pedaços de armário que depois teríamos de montar. Mas antes minha mãe queria pintar todos os pedaços de amarelo. E antes ainda ela queria lixá-los. Eu a ajudei.

Ia dar um trabalhão. Algumas partes tinham portas decoradas com caneluras e molduras, sem contar as gavetas que tinham puxadores de madeira. Ia ficar muito feio, eu já estava vendo, sobretudo porque minha mãe comprou uma lata de tinta amarelo-canário, mas eu não estava nem aí. Estava contente de lixar. Enquanto eu lixava, não pensava em nada. O rádio estava ligado, e às vezes cantávamos.

Ficamos a tarde inteira lixando. Até minha mãe dizer:

– Por hoje chega. Ainda preciso fazer compras.

– Você também vai à loja de animais?

– Não – ela respondeu. – Você mesma vai.

– Estou cheia daquela loja de animais!

– O ratinho é seu.

– Por favor?! Só essa vez?!

– Tudo bem, mas é só essa vez mesmo!

Minha mãe tinha acabado de sair com a sacola para as compras quando enfiou a cabeça pela janela da cozinha:

– Mas qual é o problema com a loja de animais?

– Nenhum – respondi. – É só uma loja idiota.

No rádio, era hora das notícias. Ouvi o nome do meu pai.

– Mãe!

Minha mãe enfiou a cabeça pela janela o mais que pode.

O homem lia as notícias com uma voz bem tranquila. Ele não se dirigia nem a mim nem à minha mãe, mas a todos os ouvintes. Explicava que meu pai fora dado como desaparecido havia algum tempo. "Teme-se por sua segurança", ele disse. "Até agora as buscas não deram nenhum resultado." Em seguida, o jornalista deu a previsão do tempo.

Minha mãe atravessou correndo o jardim e entrou em casa como um furacão.

– Tudo bem? – ela perguntou. – Está com medo?

– Aconteceu alguma coisa? Aconteceu alguma coisa grave com o papai?

– Não, nada. Mas faz mais de uma semana que não temos notícias do papai, e agora falam dele no rádio.

Ela desligou o rádio.

– É melhor parar de ouvir rádio. Quer que eu fique em casa? Perto de você? Faço as compras amanhã.

Eu não queria que ela ficasse em casa. Tinha medo de que ela mudasse de ideia a respeito da loja de animais e me mandasse ir lá no dia seguinte.

– Posso muito bem ficar sozinha – eu disse.

Sozinha, continuei lixando o bufê. Um painel vertical... Depois a frente de uma gaveta... Minha mãe já tinha saído havia um bom tempo. Liguei o rádio de novo, mas só estava tocando música. Então, apertei todos os botões até encontrar um noticiário. Já tinha começado. O jornalista estava na parte do "Teme-se por sua segurança".

Agora que eu estava sozinha, essa frase parecia bem mais grave. As palavras ficaram suspensas no ar. Não as compreendi de imediato. Era como se as coisas só estivessem entrando no meu cérebro por um buraquinho de nada. Depois, entendi: o jornalista falava de *medo*. Ele disse que as pessoas estavam com *medo* de que algo grave tivesse acontecido com meu pai. E se as pessoas estavam com medo era porque de fato tinha acontecido alguma coisa.

Esperei. Algo acontecer. Em mim. Mas não aconteceu nada. Eu não estava com medo. Não estava brava. Não estava sentindo nada. O pavor me causava um vazio imenso. E o vazio era bem pior que um enxame de balas perdidas. Peguei a trela da Mona no cabide e disse:

– Vamos sair!

Mona me acompanhava com dificuldade. Depois do terreno baldio, virei à direita, depois à esquerda. Estava andando em ziguezague pelo bairro. Por fim, chegamos ao anel viário, uma via muito movimentada que desembocava na rodovia, um pouco mais adiante.

Mona ofegava. Ela quase já não conseguia andar. Estávamos ao pé da escada da passarela.

– Venha! – eu disse.

Mona sentou-se. Ela gemia.

– Venha! – eu disse mais uma vez.

Puxei a trela, mas Mona não se moveu nem um milímetro. Então me abaixei e a peguei no colo. Eu a segurava firme. Suas patas da frente estavam apoiadas em meu ombro. Minhas mãos estavam enlaçadas em torno de seu traseiro. Ela ofegava na minha orelha. De vez em quando, ela parava um pouco de soprar para engolir saliva, e depois recomeçava.

Subi a escada. Lá em cima estava ventando um pouco, e eu via os carros passarem correndo debaixo mim. Fui até a balaustrada e me inclinei para a frente. As patas da Mona deslizavam em meu ombro.

– Venha! – eu disse uma última vez, segurando firme Mona e a trela. Estendi os braços e deixei-a pendurada no vazio.

Naquele momento um caminhão passou roncando sob a passarela.

18

Fiquei assim, com os braços no vazio. Mona estava cada vez mais pesada, eu quase não aguentava mais segurá-la. Mais um pouco e eu a deixaria cair. Eu não tinha de fazer nada além disso. Bastava soltá-la. Só isso.

Mona fazia-se de morta, ela nem esperneava.

Então ouvi um grito.

– Ei, você aí!

Eu tinha de deixar Mona cair, mas hesitava.

"Não faça isso, não faça isso, não faça isso", dizia uma vozinha na minha cabeça.

Mesmo assim, eu fiz. Larguei Mona de uma das minhas mãos. Ela agora estava suspensa pela coleira acima do anel viário. A trela pendia no vazio.

– Cuidado! – ouvi.

Alguém me envolveu com os braços. Eram braços compridos. Eles se estenderam até Mona e a agarraram firmemente.

Depois, essa pessoa me afastou da balaustrada e pegou Mona com cuidado. Era meu pai. Eu sentia que era meu pai.

Eu tinha reduzido os riscos. Eu tinha reduzido tanto os riscos que nada mais podia acontecer. Ele tinha voltado para casa. Levantei os olhos para ver seu rosto.

Não era ele. Era um homem, um homem comum. Tinha cabelos pretos, olhos castanhos e me olhava severamente.
– O que você estava fazendo?!
Eu não conseguia responder.
O homem colocou uma mão em meu ombro. Com a outra mão ele segurava a trela da Mona.
– Calma – ele falou.
Com quem ele estava falando? Com a Mona ou comigo? Eu queria ir embora. Não era meu pai. Nem se parecia com ele. Ele era mais alto e mais magro e estava de camisa listrada.
– Tenho de voltar para casa – eu disse.
– Então vou acompanhá-la.
– Vá embora!
– Agora chega! – disse o homem. – Você está completamente perturbada! Jogar um cachorro de cima da passarela! Ouça bem o que vou dizer, menina! Ou vou com você até sua casa, ou vou levá-la à delegacia! Escolha!
Ele me segurava pela camiseta.
Era para ser meu pai. Era para ser meu pai, mas não era ele. E agora ele me mantinha presa e me repreendia. Foi me empurrando para a escada.
– Onde você mora? – perguntou.

Era uma pergunta absolutamente normal, e talvez isso me tenha feito recolocar os pés no chão. De repente me dei conta de que alguma coisa realmente grave tinha acontecido na passarela. De repente voltei a ser a Lili de sempre e compreendi que quase tinha cometido um ato terrível.

Sentei-me no degrau mais alto da escada. Meus joelhos tremiam.

– O que foi agora?! – disse o homem.

– Eu não queria! – eu disse. – Não mesmo! Eu estava segurando firme, não estava?

Ele sentou-se ao meu lado.

– Fiquei com medo – ele disse. – É o tipo de coisa que não posso deixar acontecer. Não suporto que as pessoas maltratem os animais.

– Eu não sabia o que estava fazendo.

Ele olhou para mim.

– Acontece com frequência?

– Não – respondi, mesmo pensando no filhotinho de rato e na loja de animais.

É verdade que ultimamente eu andava fazendo um monte de coisas estranhas.

– Não sei – falei.

Depois, contei tudo para ele. Falei do meu pai e dos riscos que eu precisava diminuir. Contei tudo, menos o meu sonho com as balas perdidas, porque eu já tinha contado para minha mãe, e era suficiente.

— Bom — disse o homem —, o que está acontecendo com você é sério!

Acariciou a Mona, que começou a rosnar, mas ele não ligou.

— É muito sério, compreendo perfeitamente.

Ele não falou que tudo ia dar certo, e achei isso bom. Porque ninguém pode dizer como as coisas vão acabar.

— Mas essa história dos riscos não tem cabimento — continuou. — Não é assim que funciona. Acho que não dá para aumentar as chances ou diminuir os riscos. Não assim.

Ele olhou para mim antes de perguntar:

— Posso perguntar uma coisa?

Não respondi nada. Sentia que ele queria perguntar alguma coisa importante, mas não tinha certeza de querer ouvi-lo.

— O que seu pai diria se soubesse o que você fez?

Imediatamente ouvi a resposta em minha cabeça. A resposta tinha ficado escondida num cantinho desde o início. E estava começando a sair do esconderijo agora que alguém tinha feito a pergunta certa.

Meu pai nunca teria jogado a Mona do alto da passarela. Ele nunca teria pensado em ratinhos mortos, nem em cachorros mortos. Mesmo que eu tivesse sido dada como desaparecida. Mesmo que minha mãe e eu tivéssemos desaparecido.

19

– Quero voltar para casa – eu disse ao homem.
– Quer que eu vá com você? – ele perguntou.
Fiz que não com a cabeça.
– Na verdade, eu queria contar o que aconteceu para seus pais. Enfim, para sua mãe. Mas já não é necessário, ou é?
– Não – respondi.
Ele me deu a trela da Mona.
– Você nunca mais vai fazer isso?
– Não. Nunca.
Peguei Mona no colo e desci a escada.
– Ei! – chamou o homem.
Virei-me.
– Para cima!
Eu não tinha a mínima ideia do que isso queria dizer. Mas parecia um incentivo.
– O senhor também! – respondi.
Ele levantou a mão e deu um longo aceno.

Voltei para casa bem devagar. Mona ia saltitando atrás de mim. Ela nem estava brava. Acho que ela não tinha entendido nada. Eu quase a tinha deixado cair no anel viário, e ela não estava nem aí. Eu estava. Eu carregava um peso enorme em todo o corpo. Minhas pernas tremiam. Meus braços ainda doíam de ter segurado Mona no vazio. E, principalmente, minha cabeça fazia bum! bum! de tantos pensamentos horríveis que dançavam dentro dela.

E se aquele homem não estivesse lá?! O que teria acontecido? Era o pensamento mais difícil de suportar. O que minha mãe faria se soubesse? E meu pai? Foram as perguntas que surgiram em seguida.

Eu não sabia se teria realmente deixado Mona cair. Talvez eu a tivesse soltado. Talvez não. Ficava imaginando o que poderia ter acontecido. Ela teria se espatifado no meio dos carros. Preferia não pensar nisso, mas não conseguia, meu cérebro não me obedecia. Ficava pensando nos coelhos e nos ouriços esmagados que às vezes eu via na estrada. Mona teria ficado como eles, mas com mais sangue. Comecei a sentir enjoo. Continuava a pensar em todo o sangue que teria espirrado do corpo da Mona. Eu me sentindo mal de propósito. Como se fosse para me punir. Pelo que eu não tinha feito... mas que, de qualquer forma, eu quase tinha feito. Por pouco não fiz.

E tinha outra coisa. Uma coisa em que eu não tivera coragem de pensar até então. Mas agora eu precisava encarar essa ideia. O homem tinha dito que era impossível aumentar as chances ou diminuir os riscos. Não daquele jeito, pelo menos. E eu sabia que ele tinha razão.

Minha mãe estava na entrada da nossa rua.
– Onde você estava? – ela perguntou. – Eu estava preocupada! Não quero que você apronte isso nunca mais, Lili!
– Não estou me sentindo bem – respondi. – Quero deitar.
Ela passou um braço em volta de mim.
– Você parece completamente exausta! O que está acontecendo?
– Não sei.

20

— Como vai? — perguntou mamãe.

Ela estava sentada na beirada da minha cama.

— Bem.

Ela colocou a bochecha na minha testa.

— Você não está com febre. Não está quente.

— Estou com frio. E com dor de cabeça.

— Talvez uma gripe de verão. Lili...

— Ahn.

— Preciso falar com você. Fui à loja de animais comprar uma gaiola nova para o Lulu.

Deitei de lado, com o rosto virado para a parede.

— Está me ouvindo? O moço da loja me contou algumas coisas. Sobre você. Uma história muito esquisita.

— Sobre ratinhos — eu disse. — Ratinhos e cachorros...

— É — disse mamãe. — Sobre ratinhos e cachorros... O que isso quer dizer, Lili? Você pode me explicar?

Então expliquei. Não falei uma única palavra sobre a passarela, mas falei da redução de riscos e do filhotinho de rato que eu tinha enterrado no jardim.

— Mas por que você fez tudo isso escondido?

Virei-me e olhei para ela.

— Porque sim.

— Porque sim não é resposta.

— Senão você ia ficar brava.

— Eu não teria ficado brava. Mas teria lhe explicado que você estava fazendo uma bobagem. Você realmente acha que ratinhos mortos podem mudar alguma coisa?

— Só um morreu.

— E um cachorrinho morto?

— Nenhum cachorrinho morreu.

— Ainda bem. Mas você tem de entender…

— Eu entendi.

— Então por que fez isso?

— Porque antes eu não sabia.

— Vá um pouco mais para lá!

Minha mãe se enfiou na minha cama e me aninhou em seus braços. Ela estava cheirando a alho e a batatas *sautées*.

— Eu queria que a Mona morresse — falei.

— Não tem importância.

— Tem sim.

Minha mãe me abraçou bem forte.

— Lili — ela disse —, você está preocupada. E, quando ficamos preocupados, às vezes pensamos coisas estranhas.

— Você também? — perguntei.

Ela riu com doçura.

— Eu também. Por exemplo, eu fico pensando nas cuecas do papai. Tenho certeza de que ele não tem mais nenhuma cueca limpa. Nem meias. Nunca pensei nas cuecas e nas meias dele, mas agora penso nisso todos os dias.

— Eu penso o tempo todo em cachorrinhos. Queria matar um.

— Não! – disse mamãe. – Não de verdade!

— Como você sabe?

— Sabendo. Pensar e fazer são coisas diferentes. Se você soubesse tudo o que passa na minha cabeça! Já matei muita gente, em pensamento!

— Quem?

— É segredo.

— A vovó?

Minha mãe não respondeu.

— Eu? – perguntei.

— Não, você não! Nunca!

Estava começando a fazer calor embaixo do edredom.

— Saia da minha cama! – falei.

— Você também vai sair? Ou ainda está doente?

— Não quero ir à escola amanhã. Agora, todo o mundo sabe sobre o papai.

21

Era esquisito ficar em casa assim. Lá fora, a vida continuava. O caminhão de lixo passou na frente de casa, o carteiro colocou as cartas na caixa de correspondência, uma mulher passou na calçada, empurrando um carrinho de bebê. Tudo transcorria normalmente. Minha mãe teve de levar Mona ao veterinário. Era dia de ela tomar vacina.

À tarde, Marjorie passou em casa.

– Você está melhor? – perguntou.

Levantei os ombros.

– Fiz um desenho para você. Olhe – ela falou, e me entregou uma folha de papel. – Está reconhecendo?

– É só um rosto – eu disse.

– É o seu pai.

A parte de cima do desenho estava cheia de riscos cor de laranja.

– O que é isso?

– O cabelo dele – respondeu Marjorie.

Ela tinha escrito uma palavra embaixo do desenho. Em letras pretas enormes: "DESAPARECIDO".

— Eu não sei desenhar muito bem — disse Marjorie. — Sempre sai muito confuso. Por isso fiz a lápis. É um cartaz. Porque seu pai foi dado como desaparecido e espero que o encontrem logo.

— Obrigada — falei.

— Você vai pendurá-lo na janela?

— Depois.

— Não posso ficar mais. Tenho de voltar para casa. Tenho de estudar meu Vivaldi com *vibrato* para amanhã.

— É um movimento de ginástica?

Marjorie olhou para mim.

— Não, claro que não! O *vibrato* é feito no violino!

Minha mãe riu quando viu o cartaz de Marjorie.

— Onde vai pendurá-lo? — ela me perguntou.

— Em lugar nenhum.

— Marjorie vai ficar chateada. Esses riscos, aí em cima, são o cabelo dele?

— São.

— Incrível!

Examinei o desenho. Embaixo dos riscos cor de laranja, ela tinha desenhado duas bolinhas para serem os olhos e um risco totalmente reto para ser o nariz. A boca entreaberta mostrava uma fileira de dentes.

— Vamos deixar a Marjorie contente — disse mamãe.

Ela colocou o desenho em cima da mesa e foi pegar o rolo de fita adesiva na gaveta da cozinha.

Eu não queria deixar a Marjorie contente. Meu pai tinha desaparecido muito longe dali. Era ridículo pregar aquele cartaz na nossa rua.

– E então?! – mamãe disse.

– Não – falei. – Não quero pendurá-lo.

– Ora, vamos!

– Não! As pessoas vão achar que fui eu que desenhei.

– Marjorie fez com boa intenção. Talvez seja a maneira que ela encontrou de…

– … de quê?

– De ajudar você.

– Esse desenho é medonho!

– Vamos achar um cantinho para pendurá-lo – disse mamãe.

– Ela quer que a gente cole na janela. Para todo o mundo ver.

– Bom, então é o que vamos fazer! Vou colar na sua janela, e você vai até o jardim para ver se está retinho.

Fui até o jardim e levantei a cabeça. Depois de alguns minutos, vi a cabeça de minha mãe atrás da janela do meu quarto. Ela colou o desenho da Marjorie num vidro, num canto bem embaixo. Não dava para ler direito o que estava escrito. Eu só conseguia ver a parte de cima do cartaz. Mas também não dava para saber o que estava desenhado. A única coisa que dava para ver era o que estava em cor de laranja. Os riscos de lápis da Marjorie eram muito fininhos.

– Está perfeito! – gritei.

22

Era bom ter o bufê. Eu continuava a lixar. Quando minha mãe estava em casa, ela me ajudava.

Eu não queria mais pensar em cachorros mortos. Nem no meu pai. Mas era difícil, porque não havia muitos outros assuntos que me interessassem. Não acontecia grande coisa. Eu achava que minha mãe tinha razão: pensar e fazer são coisas diferentes. Mas, de qualquer modo, eu tentava pensar o menos possível. Era mais seguro.

Às vezes, Mona vinha se sentar perto de mim. Desde que eu a tinha deixado pendurada acima do anel viário, ela me achava um pouco mais boazinha. Talvez ela gostasse de mim um pouco mais do que antes porque eu não a tinha deixado cair. Ou então porque ela tinha achado tudo aquilo muito bom. Talvez ela visse a passarela como uma atração para cachorros. "Au! Vamos pular no vazio! Iupi!"

Mona sabia que eu não era uma assassina de cachorros. Minha mãe também. Decerto elas tinham razão. Afinal, não deixei Mona cair.

Eu lixava, lixava, lixava... Depois de dois dias de trabalho, estava tudo pronto.

Cada uma de nós, minha mãe e eu, tinha um pincel. Ela abriu a lata de tinta com uma chave de fenda e, com um pedaço de madeira, misturou a tinta amarela.
– Olhe bem!
Ela mergulhou o pincel na tinta e depois tirou o excesso na borda da lata. Em seguida, pintou uma longa faixa amarelo-canário numa porta do bufê.
– É preciso mais ou menos essa quantidade de tinta. Preste bem atenção, não pode escorrer!
Mergulhei meu pincel na lata. A tinta foi até o cabo. Quando raspei o pincel na borda, fiquei com tinta amarela até nos dedos.
– É difícil, não é? – falou mamãe.
– De jeito nenhum!
Cada uma estava pintando uma porta do bufê. Dava para ver as marcas do pincel na porta que estava com a minha mãe.
– É assim que se faz – explicou. – Sempre é preciso passar uma segunda camada.
A minha porta estava toda escorrendo.
O telefone tocou, e minha mãe atendeu:
– Alô.
Depois, ela ficou um tempão só ouvindo. De vez em quando ela falava um "é", um "não" ou um "hum". Seu rosto ficou todo corado. Então ela falou: "Onde?"

– Quem é? – perguntei.

Ela pôs o indicador na frente da boca. Depois, finalmente disse: "Está bem. Então vou esperar."

Depois de desligar, ela ficou por um tempo daquele jeito, sem se mexer, com a mão nas teclas.

– Era da sede da organização humanitária – ela acabou dizendo.

Não dava para saber se ela estava alegre ou triste.

– Era sobre o papai?

Ela fez que sim com a cabeça.

– O que eles falaram?

– Que talvez o tenham encontrado. Mas ainda não têm certeza, Lili. Eles disseram: talvez.

De repente fiquei com muito calor, e meu corpo tinha calafrios.

– Como assim, talvez?! – perguntei.

Minha mãe respirou fundo várias vezes.

– Tenho de ficar calma – ela disse. – Está entendendo?

– Estou.

– Foram informados de que… encontraram alguém. Do outro lado da linha de frente. Talvez seja o papai. Quase com certeza é o papai.

– É o papai – eu disse.

Ela fez que não com a cabeça, bem devagar.

– Eles ainda não têm certeza. Não vamos falar nada para ninguém. Nem para a vovó.

– O que quer dizer do outro lado da linha de frente? – perguntei.

Minha mãe ficou olhando por um tempo a porta do bufê que ela acabara de pintar de amarelo.

– Quer dizer atrás da linha onde os soldados lutam.
– É isso mesmo? – perguntei. – Ou não?
– É – respondeu mamãe.

Mas falou com uma voz meio fraca.

23

Eu tinha vontade de ficar alegre. Eu queria pendurar guirlandas, fazer um bolo e dançar na sala. Eu quase podia ficar alegre, mas ainda não. Tinham quase achado meu pai. Ele ia quase voltar para casa. Eu estava a ponto de explodir, com todas essas coisas que quase aconteceram.

Minha mãe ficava com o telefone sempre por perto. Ele tocava com frequência, e toda vez ela atendia nervosa. Observando seu rosto, dava para ver que não era nada importante. Ela não começava nem a rir nem a chorar. Ela só ficava cada vez mais nervosa.

Fiquei o dia inteiro pintando o bufê, porque eu queria ter alguma coisa para fazer. Minha mãe não ajudava de fato. Ela embromava. Atravessava a sala, sentava no sofá, levantava. Ela não foi fazer compras. No fim do dia, pediu pizza. Um entregador numa moto trouxe duas pizzas, que comemos direto da embalagem apoiada nas nossas pernas. Não estávamos com muita fome, sobrou um monte.

Alguém precisava passear com Mona. Saí com ela e a esperei fazer xixi e cocô. Depois, peguei-a no colo e corri de volta para casa.

– Vá dormir! – disse minha mãe, por volta das onze horas.
– Não! – eu disse. – Vou esperar com você.
– O tempo passa mais rápido enquanto dormimos.
Subi para o meu quarto. Lulu estava encarapitado na sua casinha. O bebedouro estava vazio e ele estava sem comida. Fui pegar água no banheiro e dei-lhe uma porção grande de ração para ratinhos. Depois desci com meu edredom.
– Vou dormir no sofá – eu disse.
– Nem pensar! Está cheirando a tinta!
– E daí?
– Você vai ficar com dor de cabeça.
– E daí?
Olhamos uma para a outra.
– Bom, faça como quiser – disse minha mãe, dando de ombros.
Deitei no sofá, embaixo do edredom. Minha mãe sentou-se na outra ponta do sofá. Coloquei os pés no colo dela. Mona pulou para uma poltrona. Rodopiou muito antes de deitar. Um tempo depois, ela já estava roncando.
Tentei, com toda a força, não pensar em nada. Mas, quanto mais eu me esforçava, mais meu cérebro teimava em não me obedecer. Eu ouvia Mona roncar e pensava na pas-

sarela. Eu não a tinha deixado cair, e agora eu era uma menina com um cachorro vivo. É verdade, tinha um ratinho morto no jardim, mas eu não tinha cachorro morto. Talvez um ratinho morto não bastasse. Talvez, apesar de tudo, não achassem meu pai. Talvez não fosse ele, atrás da linha de frente. Talvez fosse outra pessoa.

– Estou ouvindo seus pensamentos daqui! – disse mamãe.

– Não consigo dormir. Não paro de pensar no papai...

– Tente com *o rato roeu a roupa do rei de Roma e a rainha rasgou o resto* – disse mamãe.

– Não fale bobagem!

– É um truque da vovó. Ela me ensinou. Quando não consegue dormir, ela repete *o rato roeu a roupa do rei de Roma e a rainha rasgou o resto*, e sempre acaba dormindo.

Então eu disse:

– O rato roeu a roupa do rei de Roma e a rainha rasgou o resto!

– Você tem de falar baixinho! E devagar...

Então eu disse bem baixinho:

– O rato roeu a roupa do rei de Roma e a rainha rasgou o resto...

Eu tinha de me concentrar tanto para falar isso que não conseguia pensar em outra coisa. Falei milhares de vezes, cada vez mais baixo e cada vez mais devagar...

24

Minha mãe me acordou. Ela estava com as faces úmidas e fungava.

– Encontraram o papai!

Passei os braços em volta de seu pescoço e abracei-a com toda a força.

– Quando ele vai voltar para casa? – murmurei.

Sua boca estava bem pertinho da minha orelha.

– Em breve. Muito, muito breve.

– Ele tem de voltar AGORA! – eu disse.

Ela começou a fungar mais alto. Senti as lágrimas vindo aos meus olhos. Elas brotaram com muita facilidade. Elas até começaram a correr.

– Estou chorando porque estou contente – falei. – Estranho, né?

– Não, de jeito nenhum! – ela disse, amassando-me como uma panqueca.

– E você? – perguntei.

Aos poucos, ela afrouxou o abraço. Com o dorso da mão, enxugou as lágrimas em suas faces.

– Também – ela disse. – Claro que estou contente.

Compreendi que havia algo mais. Algo que, no fundo, ela não queria dizer. Dava para ver no rosto dela. Ela estava olhando um pouco mais atrás de mim, como sempre fazia quando queria me esconder alguma coisa.

– Qual é o problema? – perguntei.

– O papai sofreu um acidente.

Minha cabeça começou a girar.

– Ele morreu! – falei.

– Não, Lili. Não é isso. Felizmente não.

Respirei fundo.

– O que é, então?

– Um acidente. Papai está ferido.

– É grave?

– Ele vai ficar bem.

Minha cabeça girava cada vez mais rápido. Minha mãe não percebia. Ela estava em outro lugar. Estava pensando no que ela sabia e eu não sabia.

– Quero saber! – eu disse.

Ela colocou as mãos na frente dos olhos e ficou assim, sentada na beirada do sofá. Um tempo depois, ela tirou as mãos e me olhou direto nos olhos.

– Uma mina explodiu quando o papai passava de jipe. Não sei por que ele estava lá, nem quando aconteceu. Não sei quase nada.

– É muito grave – eu disse.

Ela demorou para responder.

– É – ela finalmente disse. – É grave. A perna dele foi... dilacerada.

– Dilacerada? O que isso quer dizer?

– Agora ele está no hospital. Não muito longe de onde o encontraram. Mas querem repatriá-lo o mais rápido possível. Para poder ajudá-lo.

– Mas é só a perna dele – eu disse. – Por que é tão grave?

– Quando se tem uma perna dilacerada, corre-se o risco de ficar gravemente doente.

– O que vão fazer?

Mas eu não precisava de resposta. Sabia muito bem o que isso significava. Com frequência, explodem minas na guerra. E os homens que estão perto delas morrem. Ou, então, ficam tão feridos que precisam de um médico como meu pai. Às vezes a perna deles fica arruinada e às vezes é necessário cortá-la, porque senão eles podem morrer. Depois, eles andam de muletas e têm um cotoco no lugar da perna. E agora uma mina tinha explodido debaixo do jipe do meu pai.

– É preciso cortar a perna dele – falei.

Minha mãe fez que sim com a cabeça.

– Talvez sim.

Fiquei com soluços. A pizza voltou. Vomitei no edredom.

A máquina de lavar roupa estava batendo. Minha mãe e eu estávamos na cama dela. Eu estava no lugar do meu pai.

– Lili?
– O quê?
– Não precisa se preocupar.
– Tudo bem.
– Se aconteceu, é porque tinha de acontecer. Você não poderia ter mudado nada. Então, não quero mais saber de você pensando em ratinhos ou qualquer outra coisa assim, promete?
– Prometo.

Sabia que minha mãe estava tentando me ajudar, mas teria sido melhor ela não falar nada. Agora, eu começava a pensar em ratinhos e qualquer outra coisa assim.

Marjorie tinha uma vaca de plástico no quarto dela, a Clara Supervaca. A gente apertava um botão, e ela mugia. Depois, ela balançava a cabeça para a frente e para trás, sua teta se iluminava e uma voz estranha saía da barriga, falando: "Leite! Leite bom! Leite! Leite bom!" A primeira vez era engraçado, mas, com o tempo, Clara Supervaca começava a aborrecer. Eu estava cada vez mais parecida com ela. A não ser pela voz, que não vinha da minha barriga, mas da minha cabeça. Eu pensava na Mona, nos ratinhos e nos cachorrinhos mortos. Sempre do mesmo jeito. Havia um botão de Clara Supervaca na minha cabeça, e minha mãe tinha acabado de apertá-lo.

– O rato roeu a roupa do rei de Roma e a rainha rasgou o resto! – falei baixinho.

Funcionou um pouquinho. Mas, depois de repetir mais uma ou duas vezes, foi outro texto que saiu da minha boca:

— Uma mina está escondida no chão. Ela explode quando alguém pisa em cima... Ou quando um jipe passa em cima... Ela espera com paciência sua vez, ninguém sabe que ela está lá. É como uma bala perdida, mas ela não voa.

— Psiiiiu! – mamãe disse. – Agora vamos dormir!

25

Meu pai não voltou para casa imediatamente. Primeiro, foi preciso resolver um monte de coisas. Minha mãe ficava pendurada no telefone o dia inteiro. Queríamos muito falar com o meu pai, mas ele estava muito mal. Um médico telefonou várias vezes. Ele explicou tudo à minha mãe. Ele falava com ela em inglês, e ela respondia também em inglês. Eu não entendia quase nada. Segundo minha mãe, não havia nenhuma grande novidade. Meu pai passava quase o tempo todo dormindo, estava tomando remédios e não percebia direito o que estava acontecendo em volta dele. Era por causa dos analgésicos, minha mãe disse.

Continuei pintando o bufê sozinha. Depois de algum tempo, todas as portas e todas as gavetas estavam pingando tinta amarela.

Todo o mundo sabia que tinham achado meu pai. Mandavam cartões e flores. Quando todos os nossos vasos já estavam ocupados, vovó trouxe os dela.

Ela fungava enquanto colocava as flores dentro deles.
– Não chore! – falou mamãe.
– Não – disse vovó, continuando a fungar.
Deve ser contagioso, porque também comecei a chorar.
– É porque agora tudo acabou – explicou mamãe. – Finalmente acabou.

Quatro dias depois de ter sido encontrado, meu pai foi repatriado de avião. Minha mãe foi ao aeroporto, mas eu tive de ficar em casa.
– Mas eu quero ver o papai! – eu disse.
– Não vai ser possível! – explicou mamãe. – Não mesmo. O papai vai ser diretamente transferido de ambulância, e depois tenho um monte de coisas para resolver. Levo você para vê-lo no hospital amanhã, está prometido!

No dia seguinte vi meu pai, mas de longe. Vi-o através de uma janela de vidro. Eu estava num corredor do hospital e podia vê-lo pela janela de vidro. Meu pai parecia ter muito mais coisas dilaceradas além da perna. Ele estava totalmente imóvel na cama.
– Ele está dormindo – disse mamãe.
Penduradas por cima da cama, havia bolsas de onde saíam vários tubos. Eu via perfeitamente o rosto do meu pai acima do lençol. Ele estava com umas manchas escuras na testa e com um olho inchado.
Vovó bateu no vidro.

– Ele não está ouvindo – disse mamãe.

Quando chegamos em casa, mamãe sentou no sofá. Bem no meio. Vovó sentou do seu lado esquerdo e eu, do direito. Mona andava de um lado para o outro olhando o sofá. Ela achava que eu e vovó estávamos ocupando muito espaço. Finalmente, Mona suspirou e pulou para uma poltrona.

– Conversei com os médicos – disse mamãe. – No início, eles imaginaram que poderiam salvar a perna. Mas, agora, acham que é melhor amputá-la.

– Isso quer dizer que vão cortar a perna dele – explicou minha avó. – É muito grave, querida. Mas tem de ser assim.

Não fiquei com medo. Não fiquei nem enjoada. Talvez eu tivesse esgotado toda a minha reserva de medo. Talvez eu já não tivesse medo. Eu estava cansada. Terrivelmente cansada.

Vovó deu uns tapinhas no joelho da minha mãe, e depois falou:

– Tudo vai dar certo! Conheço um perneta... Um homem encantador! Ele consegue fazer quase tudo: tem uma perna artificial com articulações muito sofisticadas. Vai ser formidável, você vai ver!

Minha mãe fez que não com a cabeça.

– Ainda não chegamos a esse ponto – ela disse. – Antes é preciso que ele se restabeleça e reaprenda a andar. Isso vai levar muito tempo.

– Mas aquela perna é tão prática! – disse vovó.

– Realmente ainda não estamos nesse ponto – disse mamãe. – Por enquanto, ele está muito mal.

— Mas depois — prosseguiu vovó —, depois será tão prático. Vou perguntar àquele homem sobre a perna dele.
— Não! — disse mamãe. — Não faça isso.
— Parem! — gritei. — Parem, você duas!
Elas me olharam com espanto.

Minha mãe quis que eu fosse dormir cedo. Foi comigo até o quarto e me cobriu. Quando saiu, fechou minha porta suavemente. Eu estava cansada, mas não consegui dormir logo. Saí da cama e fui até a janela. Tirei o desenho de Marjorie. A fita adesiva continuou grudada no vidro. Os cantos do desenho rasgaram.

Lulu estava correndo na gaiola. De vez em quando ele parava para remexer na serragem. Pensei um pouco em Mona e no ratinho morto. Mas quase imediatamente eles sumiram da minha cabeça. Eu nem precisei falar *o rato roeu a roupa do rei de Roma e a rainha rasgou o resto*. Pela primeira vez em muito tempo, meu pensamento se concentrou em outra coisa. Pensei no mapa-múndi da sede da organização humanitária. Será que eles tinham pregado uma bandeirinha no lugar do hospital?

Meu pai tinha voltado. Ele tinha voltado de verdade. Era uma verdade grande demais para o meu corpo. Meu pai estava em todos os lugares: no meu quarto, na minha casa. O mundo inteiro estava repleto do meu pai.

26

No dia seguinte, acordei tarde. Vovó estava em pé na cozinha, fazendo rabanadas.

– Onde está a mamãe? – perguntei.
– No hospital.
– Como está o papai?
– Ele foi operado hoje de manhã.
– Cortaram a perna dele?
– Diz-se "amputaram". Sim, amputaram.

Dava para ver que ela estava brava.

– Era necessário, não é? – perguntei, com prudência. – Agora ele pode se recuperar.

Ela pôs duas fatias de rabanada num prato e me deu.

– Coma enquanto está quente!

Eu me sentei. Não estava com fome. A rabanada parecia muito engordurada.

– Por que você está brava? – perguntei. – Ontem você falou que tudo ia dar certo…

Vovó colocou a frigideira na bancada da cozinha, com uma batida seca.

– É um direito meu, afinal! De repente, meu filho fica com uma perna só! – ela disse.

E saiu da cozinha.

Fechou atrás de si a porta da sala, e eu a ouvi subir a escada, batendo os pés. Logo depois, ela desceu e abriu a porta.

– Sinto muito, Lili. Mas estou furiosa. Quando o pus no mundo, ele estava inteiro!

Ela fechou de novo a porta e voltou a subir a escada batendo os pés.

Fiquei ali sentada. Quando minha mãe chegou, a rabanada estava fria.

À tardinha, fomos as três ao hospital. Vovó quis sentar-se no banco de trás do carro.

– Você está com medo de visitar o papai? – perguntou mamãe.

Claro que estava. Eu nunca tinha visto uma pessoa sem uma perna.

– Um pouco – respondi.

– Não precisa ter medo.

– A vovó está brava – eu disse baixinho.

Minha mãe deu uma olhada pelo retrovisor.

– Eu a entendo. Ela ainda precisa se acostumar.

– E você?

– Eu também – respondeu mamãe. – E você?

– Eu também – respondi. – E você?
Ela não respondeu.
– E você? – repeti.
– É uma brincadeira? – perguntou. – Eu também. E você?
– Eu também – falei. – E você?
– Eu também – disse mamãe.
– Ei! Já chega! – gritou a vovó, do banco de trás.

Antes de entrar no quarto do meu pai, tive de colocar roupas de hospital. A enfermeira tentou me explicar por quê, mas eu não estava nem escutando. Eu queria ficar pronta logo. Queria tanto estar com meu pai que esqueci de ficar com medo. Tive de colocar luvas de borracha, uma blusa de mangas compridas, uma touca e uma máscara. Fiquei com medo de que meu pai não me reconhecesse, porque só dava para ver meus olhos.

Mas entrei na hora em que ele estava acordando, e ele logo falou:

– Oi, Lili!

A voz dele estava um pouco baixa e rouca. Era a voz que ele fazia quando contava uma história de dar medo. Mas agora não era fingimento, a voz dele estava assim de verdade.

Minha mãe e minha avó estavam do outro lado da janela de vidro. Elas ainda estavam vestindo as roupas de hospital. Minha mãe estava enfiando os braços nas mangas da blusa.

– Oi, pai! – eu disse.

Ele olhou para mim. Seu olho tinha desinchado um pouco.

– Meu amor!

Meus olhos dirigiram-se ao lugar em que normalmente deveriam estar as duas pernas do meu pai. Fizeram uma pequena tenda na cama dele. Era impossível saber qual perna ainda estava lá. Eu só via um lençol azul que formava como que uma ponte por cima de suas pernas.

Acima de sua cabeça vi duas bolsas ligadas por um tubo. Em uma havia sangue; na outra, uma coisa que parecia água. Havia uma grade em volta da cama. Outras bolsas estavam penduradas nela. Uma com sangue e outra com xixi. Sentei-me no banquinho, o mais longe possível das bolsas e o mais perto possível da cabeça do meu pai.

– Você acha que tudo vai dar certo? – perguntei.

Meu pai estendeu a mão. Coloquei a minha mão por cima da dele. Ele começou a acariciar com o polegar minha luva de borracha.

– Acho – ele respondeu. – Para nós, vai.

Ele fechou um pouco os olhos e depois perguntou:

– Como vão as coisas em casa?

– Temos um bufê novo.

27

Minha mãe achava que eu devia voltar a ir para a escola.
– Mas eles vão me fazer um monte de perguntas!
– Você conta as coisas uma vez só, já vai ser suficiente – ela respondeu.
E ela telefonou para a professora Annette para explicar exatamente o que tinha acontecido.

No dia seguinte de manhã fui à escola. Começamos com uma discussão na roda de conversa.
– Todos vocês sabem que o pai da Lili foi dado como desaparecido – falou a dona Annette. – E que o encontraram. E que ele está ferido. Achamos tudo isso muito triste. Mas é claro que estamos contentes por Lili voltar à escola. Talvez você possa nos explicar como está seu pai agora, Lili. Seria bom – disse a dona Annette, olhando para mim. – Vamos lá, Lili!
Então, expliquei que meu pai estava no hospital, que ele tinha sofrido um acidente por causa de uma mina e que lhe

haviam cortado a perna. Depois, todos puderam me fazer perguntas, mas quase ninguém fez perguntas boas.

– Seu pai ainda consegue andar? – perguntou Marjorie.

– Claro que não – respondi – Acabaram de cortar a perna dele. Mas um dia ele vai colocar uma perna artificial com articulações sofisticadas.

– Como funciona? – perguntou Joris.

– Não sei – falei.

Todos ficaram em silêncio. Depois Farah disse:

– Caramba! Acho que você não tem sorte mesmo!

– Eu também – disse Marjorie.

– É mesmo – disse Joris. – Caramba!

Depois da roda de conversa, a dona Annette pôs uma mão no meu ombro:

– Muito bem, Lili!

Todas as crianças, todos os professores e todas as professoras desdobraram-se em gentilezas comigo. Fiquei cheia de tanta amabilidade. Eu só queria uma coisa: que tudo voltasse ao normal, como era antes. Quanto mais as pessoas eram amáveis, mais difícil era. Às três horas, fiquei contente de poder voltar para casa. Com um pouco de sorte, vovó estaria lá. Talvez ela estivesse triste. Seria bom. Era exatamente disso que eu precisava.

Mas, quando cheguei, a casa estava vazia. Havia um bilhete da minha mãe em cima da mesa:

"Bom dia, querida!
Correu tudo bem hoje?
Volto às quatro horas.
Será que você poderia passear com a Mona?
Um beijo
Mamãe"

Saí para passear com a Mona. Fomos na direção do terreno baldio, no fim da rua. O cachorrão preto estava lá também. Ele se pôs a correr em volta da Mona. Ela começou a rosnar, mas o cachorrão preto nem deu bola. Ele ficava na frente da Mona, balançando o rabo, e tentava cheirar a ponta do focinho dela.

– Vá embora! – falei para o cachorrão preto.

Ele balançou o rabo mais rápido ainda.

De repente, Mona perdeu a paciência. Ela deu um pulo e mordeu o focinho do cachorrão preto. Bem forte, porque ele fugiu ganindo.

Quando cheguei em casa, estava me sentindo um pouco melhor. Mona também. Ela vinha saltitando atrás de mim quando soltou um pum terrivelmente fedorento. Tão fedorento que a rua inteira sentiu o cheiro.

28

Meu pai foi transferido para um quarto normal. Já não precisávamos vestir roupas de hospital. A pequena tenda sob o lençol tinha desaparecido. E, felizmente, já não havia bolsas com líquidos em volta da cama. O novo quarto era grande e estava lotado: tinha oito camas, e em cada uma havia alguém.

Muita gente queria visitar meu pai, mas ele só podia receber duas pessoas por vez. Então minha mãe fez uma lista. Os nomes que mais apareciam eram o meu e o dela.

Meu pai dormia muito, e, enquanto falávamos com ele, às vezes ele fechava os olhos. Seu rosto tinha emagrecido e ele estava com olheiras. Apesar de tantas horas de sono, ele sempre parecia cansado.

Minha mãe falou que era assim mesmo:

– Você vai ver, ele vai melhorar cada vez mais.

Uma tarde eu estava sozinha com ele. Minha mãe tinha ido buscar vovó. Olhei para o lençol. No lugar onde meu pai não tinha mais a perna, a cama estava vazia e lisa.

— Quer ver? – perguntou papai.

— Quero – respondi.

Ele levantou o lençol e me mostrou a perna. Ela acabava um pouco abaixo do joelho. Era estranho, uma perna tão curta, sem pé. Mas não tive medo. Havia uma faixa branca em volta dela.

— Dói? – perguntei.

— Dói. Às vezes dói muito.

— A mamãe não conseguia parar de pensar em cuecas e meias.

Ele me olhou espantado.

— Quando estavam procurando você.

— Sério?

E meu pai se cobriu de novo.

— Sério. Mas agora você vai precisar de menos meias.

Ele riu um pouco.

— É uma boa maneira de ver as coisas.

— O que vai acontecer depois?

— Ah! – disse papai.

— Você não vai mais poder partir em missão...

Ele suspirou.

— Você conhece a história do homem que tinha medo de tudo?

— É uma história boba.

— É – disse papai. – É uma história boba. Mas não quero ser um homem que tem medo de tudo.

— Agora você só tem uma perna.

– Eu sei.

– Com uma perna só, você não pode mais viajar.

– Claro que posso. Logo vou ter uma perna artificial ou uma cadeira de rodas e vou poder dar a volta ao mundo!

– Não quero – falei.

Meu pai apertou minha mão com bastante força.

– Vou levar você comigo. Você vai poder empurrar minha cadeira de rodas, lustrar minha perna artificial e ficar falando o dia inteiro para eu tomar muito cuidado. E vamos evitar os lugares perigosos.

Ele pôs minha mão em seu rosto. Dava para sentir a barba dele.

– Às vezes, à noite, fico pensando – ele falou. – Já não sei o que vou fazer da minha vida. A única coisa que sei é que nada mais será como antes. E que nunca mais farei exatamente a mesma coisa que antes.

– Quando você não consegue dormir, tem de dizer *o rato roeu a roupa do rei de Roma e a rainha rasgou o resto*!

– Isso ajuda?

– Para mim, ajuda.

– O rato roeu a roupa do rei de Roma e a rainha rasgou o resto!

– Não tão rápido! E muito mais baixo!

– O rato roeu a roupa do rei de Roma e a rainha rasgou o resto... – disse papai, bem devagar.

Ouvi a voz da vovó no corredor:

– As mexericas estavam em promoção, e eu não tive ideia de nenhuma outra coisa para trazer. Ele gosta de mexericas, não gosta?

Minha mãe também estava lá.

– Só sem semente – ela respondeu.

– Vamos fingir que estamos dormindo! – sussurrei para meu pai.

Ele fechou os olhos. Inclinei-me para a frente e deitei a cabeça no peito dele.

Minha mãe e minha avó entraram no quarto.

Franzi os olhos.

– Eles estão dormindo? – perguntou vovó.

– Acho que sim – respondeu mamãe.

Tive vontade de gritar: "Enganamos vocês!", mas esperei um pouquinho. O peito do meu pai subia e descia lentamente. Ele respirava.

GRÁFICA PAYM
Tel. [11] 4392-3344
paym@graficapaym.com.br